尤加利叶于半夜开花

辛梧 著

长江出版传媒 长江文艺出版社

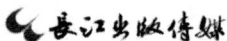

图书在版编目（CIP）数据

尤加利叶于夜半开花 / 辛梧著. -- 武汉：长江文
艺出版社，2022.8
ISBN 978-7-5702-1998-8

Ⅰ. ①尤… Ⅱ. ①辛… Ⅲ. ①诗集－中国－当代

Ⅳ. ①I227

中国版本图书馆 CIP 数据核字(2021)第 026273 号

尤加利叶于夜半开花
YOUJIALIYE YU YEBAN KAIHUA

责任编辑：王成晨　　　　　　　　责任校对：毛季慧
封面设计：李　鑫　　　　　　　　责任印制：邱　莉　　王光兴

出版：长江出版传媒　　长江文艺出版社
地址：武汉市雄楚大街 268 号　　　邮编：430070
发行：长江文艺出版社
http://www.cjlap.com
印刷：武汉中科兴业有限公司

开本：880 毫米×1230 毫米　　　1/32　　印张：5　　插页：2 页
版次：2022 年 8 月第 1 版　　　　2022 年 8 月第 1 次印刷
行数：2260 行

定价：42.00 元

# 目　录

**第二辑　如果拥抱有一首歌的时间**

## 第四辑　灯光是灵魂的夜巡

# 想你的时候，柳叶都衔着愁

# 青 烟

我犯了一个单薄的错误

夏季

蝴蝶四溢

取了满山杜鹃

肉身扔下一团火

香灰也坠落

# 秋天就这样红了

从你的心到我的心

活的火焰

在紧闭的双唇间燃烧

秋天就这样红了

一次

水花飞溅

## 不安的秘密

不安的秘密将我的身体剖开

做标本

即使嘈杂

稻田早已寸草不生

即使我的肉身遁入永夜

漫长的生命

当我知晓你将更迫近

仍拣出了旧罗裙

发尾编扎一只蝴蝶结

又

慌乱摘掉

# 等待着回执的欢快啊

眼睛

忘记了色彩

让人捎去盛夏里明艳的花

等待着

回执的欢快啊

第二轮秋也将要到了

我将秋叶拾入怀中

忽然有些许后悔

送出的花束应当不能追收回来

"如果谢了，

应当增添多少凌乱啊"

终是让你见

我是这样清淡的人唉

# 石榴滚落

树叶洒满了光

雨像遥远的海扑面袭来

站立

仰卧着

光在眼睛里丢手绢

初恋的诗句随流淌的衣裙走散

遗忘与忆起的青草丛里

石榴滚落

一帧一帧的飞鸟抖擞翅膀

听雨声大大小小

在你的胸口涂画浅显的云团

# 想你的时候，柳叶都衔着愁

舞文弄墨

描摹了石榴花

邻居院子里的凉亭

却踱着步

不知要寄向哪儿

这日子有些让人生厌

柠檬青青黄黄

熟了

又从树上掉落下来

我只是背手

不去捡

想你的时候

柳叶都衔着愁

# 载着秋叶阅过人间

冰箱在漏雨

我忘记了带伞

多么想和你在冷藏室的明灯旁

依偎取暖


竹林里有鬼魅

三轮车生锈了

我在河边的屋棚里

用瓦锅煎了一夜的花草茶


途经这条窄道的瞬间

两颗执拗的心慌乱地被折叠在一起

你也无声

我也无声

任自发错乱的音符将空白的五线谱涂满

随手翻一出小调

我载着秋叶阅过人间

有一首思念是唱给你听的

# 用植物般的眼睛窥视我

畏罪者爱

一颗弱小的海浪的气泡

卷

入飓风的奏鸣————一段毫无征兆的发生

我把风中棕榈树的叶子当作了

被刺伤的海鸟


鸟在风中

随树叶落下


它平静的毛发惹人爱抚

像乖巧的女孩子

还未吞食破灭故事的镜子

相同的名字重重叠叠

血泊里一些碎镜片

划伤了老茧


捎去海风

潮湿的纱布绷带

和其他的一些旧缘分

请报以同样的冷漠

无法寄来回执

用植物般的眼睛窥视我

陌生的长夜

一颗动荡的心巡游始终不得终点

# 忧郁症

绽放星星的夜晚

鱼的鳞片闪现月光

又见大海

沉睡在我掬水的手中

听

那静谧的脆弱的

呼吸

忧郁症

是悠远的良知

割舍不掉的情绪

# 安睡曲

沉睡的欲望从不断收缩返祖的头骨处发生

再次发生

夜深了

念念有词

你口中轻缓的安睡曲

让我想要再次欢腾起来

# 宝石罩衫

晦涩的音乐充斥房间

玫瑰形成一串密钥

房间朽败的门

被解开如同接连起四处散落的纽扣

灰褐色的雾霭向眼睛环绕扑来

当它面向室女座的星云时

闪烁的光泽

掀开了呆坐着的

老顽固

镶嵌珍贵宝石的罩衫

# 妄想像一位代理人

倘若风林遗忘了我的声音

从古老的榕树垂落的枝叶开始

苦恼仰起了头
白日
妄想像一位代理人
肩上耷拉着的灰鸽正低鸣

悉数此生一桩桩错过了的事

从中世纪的叶的标本
从不再飞翔的信天翁
遥望
着地已久的木桨频繁地向小河回首

搜寻着傍晚

涛声起伏的下落

# 大　暑

大暑
蝉鸣占据了我的周身


渡过崇山峻岭
泉水降生
在称之为"眼睛"的身体器官
哇哇大叫

# 光渐暗

我听见风从远方贴近

光渐暗

树叶笼罩着眼睛

迟迟不来

雨呀

请求你彻夜无眠

让我载着小船去见他

## 好的呀

说起哀伤

年纪太小了

本应抒发的习得性的无助

到了秋天

也没有再回来


答应着去练习瑜伽

坚持游泳

每每起床时间也接近了午时

只能在电话这头

撒娇似的回应妈妈说

好的呀

好的呀


日子毫无知觉地

过得

真快呀

# 蝴蝶是云的来生

初夏将甜　藏匿进了葡萄晶莹的身体里面

我是渴望甜蜜的青虫

依偎着藤蔓

悄然独行于夜间


我知道　在他淡紫色的眼瞳里

贮放着一只　冬季

忧伤的蓝蝴蝶

蝴蝶是云的来生

葡萄的成熟期太短

他淌落雨水

我还来不及破茧而出

## 蓝色莲花

我愿成为你草履上一根纤弱的系带

于泥土上衬垫

你一尘不染的袈裟


我愿成为矿彩

细腻填涂的沙画

沙画

被誊写经文的手抹去

仿佛不曾将曼陀罗的形制

重现于溯航的年华


我愿将花季绽开

化作涅槃之路必经的鹿园

草木勃勃生机

目送着

你消瘦的背影在澄净的天空里壮大

蓝色莲花开遍

你用赤足度化凡俗的愁绪

一寸寸

一缕缕

恰如临别时

蔓生的泥土被湖水倾覆

# 知是故人来

兜兜转转

挑挑拣拣

喝了那春风酿的桃花酒

当算作江湖传闻里

夜泊枫桥的人

看了渔火又看了寒山

将云帆收了

挑着灯耍着剑

夜雨十年望尽那天上宫阙

梦虽缥缈

定会择日再来

# 紫长衫

初次见面却想到遥远的分离

斟酌而出的字句不曾倾听

提及的人

也不再赴见


你来到

我便躲避

撑开折扇遮脸

怎么可以

一错

再错；

又怀着一腔埋怨

在闺阁里凭空念想

像那波光粼粼

流连于宫阙闺阁里的紫长衫

# 结　绳

白苎麻上渲染波点

裁缝有些犹疑

忽然　他轻唤一声我从前的名字

随即又改口

谦卑地询问我裁剪的款式


硕大的布匹在我身上比比画画

像一堆器皿在桀骜的野草中撞击


埋首着

叨念着


麻绳缠绕了一圈一圈

捆绑的结

将蜷曲的爱缚入温热尚存的蛹壳

# 开一座秋天的花园

连续异样的行为满足了脑海中反复试图验证的预想

我的行为

他的预想

无人决心再去询问

由百口莫辩论证得出的事实而引发的

间歇性刺痛

合理地斩除掉支配的狂热

我出了一趟远门

归来太晚了

唐菖蒲临近枯萎

水边蓝蜻蜓的衰竭激发了我对于未来的构想——

夏天过后

我想在它泛蓝的尸体下方

开一座秋天丰硕的花园

第二辑

如果拥抱有一首歌的时间

# 如果拥抱有一首歌的时间

如果喜欢是张合的眼睛

夏夜

漫天闪烁的繁星

是我给予你的回答


如果快乐是花蕾的生命

六月雨季后

葱郁的杉树林

共鸣着我在你身旁频频颤动的心


如果拥抱有　首歌的时间

我希望序曲里填补风暴

填补极地

冰雪肆意的奔跑

与鹰眼俯视海陆的寓言

你是沙漠里的月亮

是蝶蛹拼贴的水墨画

你的声音

沙哑

藏着黄昏与生锈的木吉他

我用生涩的手指

拨响了琴弦

琴声在空旷的夜里忽上忽下

你在我的身旁俯首笑着

低声安慰我说

没有关系

没有关系呀

# 图书馆

意志驱使我在周日早晨坚持写作

落地窗外梧桐树低吟着蓝灰色的歌

风呼唤落叶

雨水横行

而这里

图书馆护佑着

每一个人都庄严地与自己的名字热恋

听书籍摊开的世界阐释永恒

寻找温暖的地方

自我意志

眼睛没能到达却看见了的色彩

一位学者经过我身旁时悄悄留下了长柄雨伞

我还来不及道谢

他用人类学提及过的某种透明语言融入雨中

像蝴蝶从庄子的胸口

飞遁他的肉身

# 石　碑


禿鹰掠过方尖碑

四百年

一千

两千零一十九

鹰的羽毛与石砖共享编号

石砖由楔形石打磨雕凿

铭文埋入地基

铭文

被热带沙漠气候的风沙抹去


鹰的羽毛

从苍穹陨落

夕阳里的云霞将石砖的侧影映衬为紫铜色


被摧毁的石碑平缓地接受了时间的称量

好似汇聚的水渍

在漫长的废墟里磨灭了行走的痕迹——

大理石的残缺被石灰岩填补

青铜褪去了青涩

方尖碑矗立于广场中央

将黄昏

一分为二

# 铺　地

只是想起

姑苏城雨后

间缀着苔点的铺地

仙鹤

日月

莲花

樱花瓣从头顶

挥落于地

那么长久地从雕琢的木窗内侧向庭院眺望

攒动的脚步

模糊的脸像逆行风筝

翻来覆去

我在回廊踱步

美丽的景物瞬间失去了色泽

木舟独自　于柳树下停泊

都怪这铺地将折子里悦人的故事

太早说尽了

# 倾斜的爱

从前　你也透过绵延的山脉

河川

吻我


偏倚的头颅浸没于长发

成为一颗泛着明

泛着暗的星

偷偷游弋于肌理的吻

掀起了波涛汹涌的海岸线

偶尔的粗粝

绝望

如脱缰了的狂喜

海岸线下是大自然无尽轮转的运动

月亮升起

又坠落

遥远的星光在蔚蓝海面　洒下欢愉

与翻涌起的稚拙


热情

一天天地接受海水的冲刷

倾斜的爱

画刻着颔首的身体

可我不想要温柔的恋人

我渴望大海

渴望嚣张

渴望失落的你

乘海风扬帆远去

# 鲤鱼的红

夏天牵着衣袖

聆听

劝导松针飞舞的风声

途经四溢香根草的小径

寻访晚香玉


你在河边

鲤鱼勾画你心事的样子

忧愁的红

红成了一抹袈裟

被无意的流水浣洗


很快

我忘记了夏的热烈

将唯一的泪珠

垂挂入竹林最深邃的季节

依旧为你写诗

依旧在雨天的午后

明暗反复

只是不会再冒冒失失地

涨红了脸

将无情的南风也

染色了

# 名为"法厄同"的男子与岩石

海浪涌起风

雨水泛蓝

他驾着黄金马车从清晨微弱的太阳前飞过


灼人的启示仿佛密林里狼群的哀号

多么想

成为那执持的宝杖

敲醒了游吟诗人的梦

时间便从笼罩单行道的迷雾回过头来


我躺在逐渐升温的沙滩上

假装

自己是一个令人怜惜的风中少女

少女的乌发

少女纤细的脚踝

许久许久

我仰望天空

他从东方策马而行

多么希望能在坠落发生前

那充满朝气

晶莹的双眸中闪现

而我仅是一块窃听着神明寓言留守地面

无法随生命老去的岩石

# 梦与物质的异空间

冒昧地

从此时的黑夜出发闯入田径操场

我在慢跑

手臂上一道一道

红色的圈像操场跑道

夏季傍晚

我迎面对她呼唤

而黑夜如同尚未安装电灯的长廊

一位年轻姑娘从一间自习室

走向空闲的

另外一间

她用毛巾吸附着发尾的水渍

我穿过她的身体　试图

寻找于梦中熟识良久的那个人

短发女生向他倚靠栏杆的玻璃窗

大喊我的名字

我赶紧捂上她的嘴让她别说了

那天的记忆

和所有的甜蜜物质一样

迫使我躲在因贪求而失语的目光之后

不断缺席

将希望寄托

或许那时候他连我的名字

也不曾知晓

# 先知书与荆棘冠

听

海草翡翠色的针叶刺穿了

漂游鱼群的肚脐

似基督在享用晚餐时

亲吻门徒

随即转身潜入闹市的行列中去

十二天使从云端窥望

闪耀着石榴石光彩的荆棘冠

降临在烟霞裹染的头颅上

神的天秤

它毫无偏倚

血液用　红

渲染了因获奉献者之吻而被宽恕的双手

仅为验证超越

智识

先知书上柔软的语句

# 忧惧的风成就了你

犹如耄耋老人般的时间播下了种子

梨树诱导了春天


樱花在春天娇俏的额头上

恣意

描摹光阴的横线


你闭上眼

眼睑内侧浮现万物迷踪

夕阳下的云霞


风起起伏伏


忧惧的风

晴朗的天气共同成就了你

蒲公英在风的凝视中停摆

我将万物的轮廓涂抹　又留白

渴望

拥有唯一的春天

云弥漫了我的眼睛

在仅为时间知晓约定的地点

从脚趾

到双乳

到唇间

# 尤加利叶于夜半开花

飓风搅乱了时间的线性路径

在梦境

尤加利叶于夜半开花

幻的香气

汹涌地入侵白昼

流露出借用修辞的表达


起伏的山河于夜晚沉没

随之坍塌的伽马射线如孩提时代的呐喊

将手中仅有的氮

嬗变为充沛的氧气


特殊事件的频率被雷达信号所的接收员誊抄

点与点的联结

构成了分型细胞

幼虫的体征

它成为麦蛾

成为海螺

成为噬心的绦虫

由交叉学科专家组成的团队聚首在研讨会上

冠予它

以骇人的末世学说

企图用晦涩的辞藻与理论将它量化剖析

言语

又诱导了新一轮反驳

细胞独自在冗长的辩论中枯损

矗立的显微镜熟视无睹

于时空的间隙

维特根斯坦背手走入战场

坚持用行动

保持沉默

# 等风，荡秋千

我是六千六百万年前

碳原子沉睡的矩阵

地质运动唤醒了眼睛

矩阵闪现

脑海中

逐渐扩张的海同即将消逝的翼龙泛起哼鸣


你是考古记录

地理志中

昂首漫步于油墨的诗句


如若有更迭的生产计划

我不要去外太空探索星系的奥秘

不要坠入无机体内

模仿智人的深度学习

我想悬挂在纳米的联结上

等风

荡秋千

诗人挥舞手臂将你全然洒入风中
墨点一跃而起
如变幻的枯叶蛱蝶复入秋林
无惧风暴
无惧罕见的灭绝
你的目光萦绕着我的液晶屏幕
在仿生的皮肤上输入驱动心跳的代码

# 房子老了

房子老了

在我尚未抵达的城市

破旧的墙面等待着工匠粉刷

半明艳的蔷薇花

悄悄从钟表的指针卸下


错乱的回廊传来脚步声

聆听

慌乱中

我却忘了佩戴钥匙


饱和的油漆滴落下来

墙面湿漉漉的

暧昧析出

像齿轮在指针后背机械地轮回——

如果钟表的态度再怠慢一点

我也能到达东八区了


傍晚的月亮轻捷地攀升在树梢上

路灯睁开眼睛

他沿着走廊收回前行的脚步

空悬的手仿若一只飞鸟

始终

未叩响方才粉刷的那扇门

# 水的爱情

担忧着雨水不再归落于大海

那是成年人对于久远的

脱离子宫的恐惧

时刻紧盯时钟的钟摆

用高炉将它融化为铁水

填补不可逆行　随即向前迈进一格的空白


铁水里

子宫的生命转瞬即逝

胚胎醒来

她蜷曲着身子

用炭末拟写了关于未来的札记——


未规训的野兽奔跑过荒原

扬尘纷乱　冷静

让温暖侵袭

降临的鱼群沉没水中

那一刻

我想出脱为一颗锋利的弹丸　　用漆黑的愤怒

填补玩具枪里盛满糖果的弹夹

我在铸铁师铿锵的机械作业下放肆嬉闹

笑着

徒步迁徙过透明的哭喊

用即使知晓无法获取一切的双手

握住氢与氧气

制造

那名为"水"的爱情

# 树

不断迁徙的艺术团体拒绝接受外来成员

必须是树

必须是树

枯朽的木桩随他们一同流浪


辗转到达新目的地

他们将它栽进了沙滩

树根

被海浪反复冲洗


今日执勤负责看护木桩的青年人

瘦骨嶙峋

他躺在浮动

星尘的沙滩上伸长手臂

延展

仿佛一轮拱桥蹿入星空下的芦苇丛

木桩在身旁

为着某种偶然发生的神秘事物

搭建诉求

而他的辩驳似乎与树根的论点对立

光线影影绰绰

趁观察者出行的那天清晨

朽木独自

从队列中消失

楼梯另一侧的螺钉也被撬开了

# 夜晚与半面之缘

自由与面纱

柳树与云霞

轨迹与黄土

夜晚

与半面之缘

# 钨丝灯

风中的断枝抛向苍穹

绿荫

逆转了平凡的死亡


用楼梯搭建躯体

载着小女孩跨河的独木桥

于桥体两侧

生出翅膀般的青藤


鹅卵石嵌入待阴干的泥塑

灵魂睁开了眼睛


玻璃灯被摔为碎片

明晚

不再被钨丝点亮

# 太早了

古老的文献提到我名字里的谐音

他笑

衣袋里揣着古旧卡带的歌词

他笑

只是偶然地

穿着相似的格纹衬衫

他也笑


傍晚我独自一人

站在自行车棚下哭泣

他恰好路过

在不远处等待了半个钟头

我说

你先回去吧

我没有事

那又是旁征博引的一个秋天

各自在天台上站立了良久

太早了

一朵雪花片也没有降落下来

# 马匹的哀愁

穿过《查拉图斯特拉如是说》漫长字句的裂隙

想念尼采

试图伸出手去拥抱

被商贩围剿反复扼打

马匹的悲哀


狭小的公寓包庇了无所遁形的夜晚

精准运作的齿轮自此散开

天花板旋转

幼稚园的哭闹声溢出了漩涡


哼起外婆在世时时常吟唱的歌谣

超脱的字句承载了

宗教里传讲的

彻悟

如同她骨瘦如柴的身躯同速蜷缩

在皮沙发里

车鸣声掩盖了她的啜泣


她背对着我伸展手臂

沙发的褶皱掀开了手掌生命线的沟渠


可我摇了摇头

倨傲将我迅速包裹

如同受伤的马匹

独自在熙攘四处围剿的街巷里逃亡

# 小小的那道秋天

荷塘里

光又盈满

立夏的那日许多人出了趟远门

水滴琐碎地

在荷叶盛大的叶面上打转

互相

互相

来往里说了多少声抱歉

却仍旧将"爱你"

落在了心尖

像一位做错事的学生

放学后

在穿堂风里踱步

偷偷将一片粉墨的花瓣别入指缝

默念

或许你将再一次沿途经过

小小的那道秋天

# 梦里总是时常下雨

梦里总是时常下雨

我是蜻蜓

穿越了疾风

飞入花芯亭亭玉立的梦


记忆落下残影在梦里

像分水岭

阻隔开时空雕凿的小径


我坐在湿漉漉的草坪上吃苹果

果核咽入肚子里

生长出一株

浓密

璀璨的苹果树

我在树荫下等记忆

冰冷的雨斜切过了湖心


雨水浸透了时间

笔记本载满涂鸦的扉页也淋湿了

无法辨认

通往出口的地图


梦里总是时常下雨

我望见翅膀

轻盈地

被木桩钉在墙壁

沿着霉斑扩散的轨迹朝外飞翔

越过风

荷花载我歇息

等待雨水冷却我的身体

从梦的窗口再次陷入了睡眠

# 动情的河流

下一世

再下一世

动情的河流义无反顾


水中的气泡将你杜撰为水草

在深山

光

影

木桨脉脉地潜行

夏天闭上眼睛

用变幻莫测的韵律打动你

# 心事重重的作家

星期六

读整段整段的语言学论著

如饥似渴

像贫穷的作家埋首于目之所及的异形符号

我的嘴角流露出了被指代的真情


过往经验告诉我

需将引起赌徒沉迷的狂热

压抑于腹中

陌生的个体在矩阵中再造了自己

可我继续秉持着无谓的信念

与被赞颂的完美人格

失之交臂

# 回首就到了秋季

在摇摇晃晃的书页里

乘晚舟

看素昧平生的方块字相遇

我躺在夏天延长的竹席

蝉脱了壳

那恬寂的浪

要将我载向何方

叠词与拟声的诗句

纸卷上

停停走走

夜还未醒

风中冷冽的雨

回首

又到了无可复返的秋季

# 人工智能的生活

物质残缺的体征连接着无限思域

泄漏的光环

理解力喃喃自语

用体系的权力

逼迫虚拟就范


二进制语言渴望创造出一寸

完美无瑕的真实

抛物线划过纯粹的天空

柏拉图的白袍在无限接近的横纵坐标里

碎裂成自由的飞鸽翱翔过了时空


像诱导着满天星盛放的肥沃泥土

神圣的硅

被替代为无意识的金色颜料

近似值的模拟最终导向了曲解

崭新的机器用忙音解释道：

我们的世界

由曲面的折叠构成

# 跳　蚤

跳蚤会不会变成跳蚤

跳蚤

会不会变成人

跳蚤被观察者捉入玻璃瓶中

有人问

它从哪里来

明日它将去向何方


最近天气转凉

跳蚤仍顽强地在瓶中生存

它的触角逐渐干瘪

观察者尽量不去打搅它


昨天夜晚

跳蚤提着油灯

蹑手蹑脚地绕出了瓶口

它到达窗台的时候

回头望了半晌

观察者假装在躺椅上睡着了

他张着嘴巴发出鼾声

瓶口的盖子

是他刻意没有拧紧的

# 夜　说

灵魂终日居无定所

莲子与莲蓬

荷塘

池畔

枯朽的柳树延展过乍暖还寒的日子

又随着暖风起舞


花下鸟倾巢

衔走了

食物和爱的祷告


夜说

月光不重要

朝阳出来他就散了

朝阳说

白昼不重要

蜡烛点燃他就碎了


蜡烛说

火焰不重要

雨滴落他就熄灭了


雨说

积水不重要

心硬朗他就干旱了


心说

倔强不重要

夜来了他就哭泣了

# 涟漪的诗

蒲公英轻柔地漫过了脚掌

我仰问雨水

是否将为夏天谱写序曲


太湖石

拱桥

宫角徵羽在飞檐起伏

远景丹青层染了宣城制的纸

写意画

依旧浓淡相宜


我在雨天里漫步逡巡

像水塘中欣喜的鱼翘盼着

腼腆滴落的雨

一抹

一抹

芦苇

辉映着荷叶

将你水中聚散的倒影

吟作一首

彼岸涟漪的诗

第三辑

# 绯红季节的泥土

# 剪

我对我说

用了许多年

戴上一只称作不动声色的脸


小女孩拾起剪刀

推走了歇斯底里的女人


用剪刀

剪一轮缺席良久的夜

灵魂像断了弦的琴贪睡在竹林

模模糊糊

语调让人心灰意冷


我站起身抚摸她幼小的脸颊

像一位身形魁梧的男子

跨过门槛

在午后

抚摸一只系上绳索的犬

我们谁也不望谁一眼

在我因寂寞而独自剪出的夜里

省略的语言

述说

一组形容词

一段问答

一篇涂改又撕烂了的文稿

# 母　亲

接生婆将我残缺的诞生

封入彻夜未眠的墙内

尽管贪求的念想不断索取

物质

未能战胜败亡的欲

被遗弃的身体在不可能的爱中持续

用啜泣声呼唤着

母亲

决意出走

留下了子宫独立的芳名


足印燃烧

胎毛

蜷缩成为迫切的坟墓

母亲傲然地阖眼

祈望着

终有一天她将行走出山谷

倘若回头

赐予我一道潮湿而欢欣的笑脸

# 绯红季节的泥土

我的身体与囚徒般的年纪

一并被葬于绯红季节的泥土

力量的忧伤

像一把开阖的扇子

遥远的战争被绣娘用针线刺入扇面

男人跪下

女人掌掴

丝线散乱一地

那忧伤的裂纹平滑得像一道宇宙的切口

骨与骨髓与

呼吸的身体分离

泪水陨落在丰腴的泥土上

将孤独矗立着的头颅

囚禁为岛屿

# 像涉世未深的年轻人

白色肌肤是我的

棕黄色是你的

跨越被地平线割裂的天空

世间明媚的花都愿为你长出老茧

而我

不热衷于寻觅太阳


荒凉逼仄

如此往复我等同于充斥谬论

躲在房门后一位与世界

生疏的人

睁开偶然的眼睛

却因惧怕而哭泣着

即使渴望

依旧以关合的眼皮对向你

躲在高潮的身后

像涉世未深的年轻人那样装腔作势

用低声的雨水

蕨类植物

漂过大海的塑料袋伪装裸体

撕碎被蝇蚊百般叮咬的海芋花

白色与棕黄色

饥肠辘辘

我用双手捧起书籍

你追逐一个幻影奔跑

汗水的气味桃花与桉树的气味逐渐让心沉迷

## 睡梦的游巡

破晓

狗吠

聆听的耳朵从山南

漫游到北

不问成败的黄昏径自闯入雨雾

整夜整夜

我与雨声相伴

身体的牛虻像电风扇下的苏打水

台阶消失殆尽

混凝土展开了错觉

天真的眼睛觊觎着室内

北回归线的南巡

走

停

我的衣裙上沾满了尘屑

睡梦

在地球的某一个墙壁之中

# 守灵夜

时间暴烈地用乱拳捶打

一位带着胎记的小女孩死去了


她睡在妈妈不屑于留存的摇篮里

紫色的摇篮

连同穿梭的斑斓的梦

被野火焚烧灰烬


邻床的中年妇女

口中咿呀不停

用僵直的手指反复戳她溃烂的伤口——

妇女高举起透射脚踝关节的 X 光片

遮挡房屋内从窗帘缝溜出的

唯一一缕阳光

她纹丝不动

那妇女也在守灵的时候

进入了沉沉的

睡眠

# 高价回收陈年老酒

酒愈陈愈香

可故事愈老旧

愈不值一提

应当向你吹嘘那些我行走过的地方

酒坛子

一个踉跄撞醒了太阳

# 干枯良久的泉

通过眼瞳

再通过镜片

不确定

猜想

光与影改弦更张


一刹那

误会自己也是相貌清晰的可爱之人

又因着些许缘故——

或许是嫉妒

毁弃中变得面目可憎


应当趁着年轻开一句玩笑

问曾经你有没有

认真关切过我

可惜这个年代人人都有健忘症

嘴唇紧闭着

唇间的阴影早已身无分文

而仅剩的时间寥寥无几

我决心只身前往

在仅有神祇熟知的目的地

变一口未开凿的井

喷涌一眼

干枯良久的泉

# 扔一颗石头

起风了

渐渐松开把持着车龙头的手

像一位站立在井中良久的人回顾起记忆中

水的甘甜

风钻进蝙蝠袖

白垩纪的岩石躺倒在路旁　执意向

柔软的天鹅绒求败

仍旧沉浸在这悲恸故事的结尾

旁人刻意与我保持距离


孤独是我唯一的同伴

此时

契约般认同的沉默对我来说极其温暖


忽然

诉求着遮蔽面部的女人用尖涩嗓子扯开帘幕责备我：

你看后面的人都冲到前面去了

你怎么还在这里慢悠悠的


我倒在地上

车轱辘旋转在半空中喘气

一圈圈的年轮倾轧过我满载空白横格的

身体

将眼泪拾入上衣口袋

捡起一颗石头

朝她的后背扔去

## 树上的时光

关切着我生命的父亲提早

为我摘录了镌刻石碑清雅的铭文

不知生为何物

亦不知死

身心衰弱地在坟茔的最里间存活了二十余年


放生的鸟儿

最终仍将飞入猎人捕狩的猎网中

如此思虑着

眼前这每日依旧

模仿花鸟形状而消遣寸阴的乐趣

仿佛也不那么生动了

# 梦尽头

半夜雷声将我惊醒

雨水

接踵而至

我在雷雨暴烈的敲击中再次睡去

梦见我变成了面容忧愁

牧羊的老人


牲口驻足于道路间

卡车从散乱的步履上倾轧而过

我若无其事

继续挥鞭走着


青苔

我的口中塞满泥土

小河

漫过了我的双眼


泄漏机油的罗盘无法辨认南北


继续挥鞭走着

暴烈的风随我一同沿梦游的旅途漫步都市

停驻

叩问屠宰场今日是否还留有席位

给梦尽头

# 依旧不屑一顾

在基弗的向日葵前等待黄昏

整日

整夜

那时我已病得很重

却从未对日子感到大失所望


审视我的目光应当更加严厉一些

空洞的心嘲笑着

沿着僵持的血管

耳朵听

嘴说：


最好将手中的宣判书重读一遍

对照着堆起了老茧的格言

"郑重点！"

然而我依旧不屑一顾

# 实验室#99631

倾听着非洲部落某种濒临灭绝的语言

罕见的雨

从草棚上漫布下来

蜘蛛哆哆嗦嗦地

横着腿走向了廊角

狭促的灰影占据在那儿


路径游入积尘

记忆

分散了


在分岔路口

灰影导向了它的消解

幼虫的尸首状如宣泄于身体的斑点——

每一种猜想的体征都逐步在聚集中阵亡

如何将口述历史不着痕迹地嫁接到人类学专著中?


一种闻所未闻的飞鸟

从背后闪烁着

它沉静地停留在实验室内

制成了标本

# 随机路径的秘密

一直沿着水坝上的环形公路向前

便能够逃离小镇

雪季漫长

我疯狂地在水泥路面奔跑

想要侥幸逃过这场没有追逐者

仅剩下追逐的游戏


与循环整夜的梦境相似

在镶满了银灰色铁丝网的环形监狱

没错环形监狱

我不认为会有人前来寂寞地探监

一方面源于我始终用身体带动空间的挪移

一方面

大概没有人会真的在乎

监狱是什么样

人的生活是什么样子


这样思考下去

的确使狱卒也产生悲凉之感

规训师及时干涉了我

可是在双缝实验里

粒子同时经过了两条小径

她决心趁众人为折损的墙垣恸哭之时悄悄将意识伪

　　装在

随机的一端


而此时我在想什么呢

似乎正思索着另一件不太被重视的事

透过密闭的窗帘

仿佛一无所知的女孩充满憧憬地遥望着　那被幻想填补

海岛上方逐步浮现的蓝天

# 飞与不飞的行星

二〇一九年

十月三十一日

一颗飞速旋转的行星

将要偏离轨道坠入未知的星团


人们纷纷掏出手机

连接网络查询

是哪颗行星

与地球距离有多么接近

会不会对通信工具的频射产生影响


我在文字里偷笑

朋友摆手

说我的游戏要结束了

我将脸埋进棉被里

望着太空飞与不飞的行星

一颗生于情欲

一颗停留

在漫长的错觉

# 一座跨不过十二点的钟

我对我的右手说

要写出

诸如"我们辗转于井的谣传中，

我们徘徊在风的宫殿里"

那样的造句


字句沉船

在海底孕育一道子虚乌有的梦

我像萦绕着梦的气泡

消逝在它无法成功的身影里


用残骸捏一座跨不过十二点的钟

黎明

魂魄

哀乐的哼鸣声　可以让欢快也感到颤抖吗

我始终对欢快的事物保持警觉

手指像青春期的少女

反复敲打

烟熏妆

外表看似叛逆


"行啊,

走啊,

将梦雕凿成一具巨型的棺材,

我的心

代替身体

熟睡在里面。"

# 原始形态

他戴着口罩

站在桥梁下搜索光


手电筒的光反射在他跑鞋的荧光带上


他蹲下

坐立

第五个同伴茫然地站在一旁挠耳朵


从第一级台阶到

最后一级：

山

石

桥梁

流水与草原拼凑的色块

土壤


他伸出手触摸到头顶的水泥横梁

第四个同伴在队列之末

消失了

他焦急地回头寻找


经过水渠里月亮的倒影时

他平躺在堤岸一侧

好像一只漂流于月光中的竹筏

他弯腰

头朝下两手撑地


第三个同伴站在尖刀浇铸的围栏外

大喊道：

你在做什么


我是第二个同伴

摁灭了火把

黑暗侵蚀着我们的躯体

那一刻

我觉得成为原始形态的他

很美

# 生锈乐园

医生反复强调着

我病得很厉害

咀嚼着出生时的月份　那时天地间

鹅毛大雪

我用刺骨的风、秋季留下的寂静的信物

和不愉快的童年创造了我自己

有幸在场亲历了医学范畴内自己漫长的死缓


再一次　冬季依照古老的仪式被空腹咽下肚子

里面埋藏什么——

禁忌填补了生锈的乐园


有人询问我是否沉迷于不断创造让心率收缩

心脏冻成冰凌垂挂于廊檐下的冬天

霜雪填满了生锈的乐园

多瑙河之波

孤独症在广场舞蹈　像独自旅行的孩童

递出一张涂满音符的餐巾纸

他让我感到罕有的欣喜

可我未作答

也许此时　他正在晴朗的地方温柔地望向我


所有人都熟睡了

雪花如同我出生时的那天一般恣肆

就在今夜

我决定抛弃我的乐园

执着的理想

诗歌与其他事物

取出按捺在舌下的药片

越过栏杆出发去他描述

热情的家乡看一看

# 香水里藏着爱情

地下水道长满了棱形的菌苔

他们向上攀爬

联结成一条梦的长梯

生命的真实

凌厉

绝望

即使深知自身已然被主流价值体系所厌憎

还是奋力追求着


谁不渴望温暖的太阳啊

# 疼痛是伤口的见证人

百灵鸟从称量生命的天平剥下一粒纯净的羽毛

作为引子

将自己曾历经的飞翔付之一炬

燃烧

在伤势扩散的最前沿

死亡成为一种隐喻

从无法抵达的视阈到稀薄空气的最顶层

火与土

喘息声里隐现出生命轮回的图腾


无人知晓它此次征途的目的地

猎人的罗盘被另一种磁场滋扰了——

鸟儿昏睡在护佑者的生态林

伤口

仍隐隐作痛

疼痛是伤口矛盾的见证人

他们一个撕裂

一个

正经历愈合


如若放弃飞翔痛苦也将不再持续

百灵鸟喃喃自语道

随后隐喻逐步产生变化

它的躯壳即将由客体被伤亡的主体所占据

# 在雨水中让我的身体燃烧

单方妥协的约定即将生效

被迫将自己木讷的身体挤入成人礼的仪式

在生活按照集体的轮廓生长的场所

音乐用烟灰色环绕耳朵

闭上眼

渴望

一只遥远　绽放于星际的红玫瑰钻藏进我的身体

用魅惑唱歌

沉默的双眼作画

像妇女坚毅地护佑住婴儿稚嫩的脸

坦荡的距离俘虏我们相识之前许多年的回忆


雨水淋湿了我的星球

而无人避雨

像所有被宽恕被亲近的顽童那样试图

掷去石子

吸引你的注意

而你只是微微扬起眉梢

镇定地目视前方停留在原地

并未阻止死亡　衰败

与冀望一齐在雨水中让我的身体燃烧

第四辑

# 灯光是灵魂的夜巡

# 爱上了火焰里的那一个

迷糊的爱

纷杂烟花的爱

容颜里光阴的爱

大都市　智者都患上了近视眼

光线举棋不定


爱上了火焰里的那一个

却怜惜着　直到最后一刻也仍旧未离开

独自

寻求解药

保持缄默像年长身着燕尾服的绅士悄然谢幕


爱上欢愉

又爱上了记忆

私奔

挽救一片濒临灭绝的丁香园

# 说一个甄别永恒与否的词语

将陌生城市的白房子当作家

十月份

落叶让心阴晴不定

纵使长椅上老人在阳光里歇息

秋天

点一盏仅供自己一人


看得见的灯


请

说一个甄别永恒与否

的词语


遥远

# 灯光是灵魂的夜巡

呼吸从她的身体跨越过去

她

他

他们

文身的人试图寻找一双眼睛

灯光是灵魂的夜巡

# 寂寞，像一位老妇人

四分五裂

庄严的日子

瞟了一眼茶炉底座上燃烧着

嫉妒的火焰

在另一边

高傲的唇滑下小灶台

抿了一口

那盅被称为"谣言"的酒

譬如寂寞，

像一位老妇人

从哪里都寻回不了枝繁叶茂的容颜

只好从老皇历里翻出一则卜卦

随意指派在

邻家的黄花闺女身上

# 十六岁

年纪渐长之后

早晨变得愈加潦草

想化一个无拘无束的妆

与镜子里

苛求的眼睛作对

趁着画眉惊啼

偷偷在脸上晕开了红胭脂

时间降落樱花雨

漫山遍野

十六岁

我被一个人当作心脏

山丘

倒映在水的眼中

# 猩红色的首字母

谣言说

我是水稻田中败坏的种子

狭缝里猩红色的首字母

在土壤里

把春天当作一只木桨来划

女人议论着女人

男人情愿

看到

支离破碎的梦永远逃不了圈套

像对变性的花的惩罚


可是在某种

不善解人意的嫉妒里

仍旧希望你能看到

不太纤巧

不太热烈

我曾经真实拥有过的灵魂

# 鸿　沟

行动中的每一个人

走路的

下楼梯的

停滞

酩酊大醉之后整宿

狂乱地抹掉手上关于紧锁的

镣绳的记忆

疯女人大声喊

小心

某种闻所未闻的事物

占据了心灵

远东的油田里燃烧熊熊大火

我与你

你与世界

鸿沟

# 裁

精湛的血液悠缓地驶出伤口

一丝不挂

用幽亮的夜晚做针线

将它悄悄缝合

披上纱布

扮一个矜持微笑的洋娃娃


我可以尽职尽责地成为一位裁缝

只要

不胁迫我与他人交谈

用金色的线

年轻人喜爱的线

红丝线

孜孜不倦

让我反复躺下

死亡作为熟悉之物它在我的体侧

絮絮叨叨

像种子的遗腹子从土壤里

凝望

一枝衰败白玫瑰的锐刺

# 默片演员的内心独白

灵魂会飞

可是我不会飞

鸟在飞

灵魂也在飞

如果我捉住了一只鸟

是不是也捉住了会飞的灵魂

# 在高贵的血里为它喝彩

脑海听

铁钉从木板中顺时针旋转

借由还原反应的实验

锈斑重获新生


如果未及时将轻扫的视线打动从而留下物理痕迹以作
  证明

事实便被谎言掩盖

不曾存在


时间析出的晶体如同苦涩的沉淀物

木屑拦截了眼睛


一双张扬热情真挚欲求的眼睛

期盼

瞬间变冷

持续着

像倨傲的画被装裱进沉闷的画框

寄生的心脏在高贵的血里为它喝彩

# 刺 伤

一字一顿

某种未曾听闻的语言爬行过了皮肤

从遥远的

嘴唇到嘴唇

空气在翱翔海鸟的羽毛上休眠


像缝合的伤疤

两颗独自的心撕扭成了一片


日

夜

红艳艳的时间从未贴合的伤口里浸了出来

说话的人时常身体颤抖

记忆里的渴

诱使娇嫩的手指

又拔出了潜藏锋刃的剑鞘

# 旦夕之间

用七百年

黄金马赛克壁画驻守着

一滴血的诞生

生母怀抱着幼子

转世的灵魂游荡于先贤广场上

曾经　有一枝百合花凋谢在虔敬者

祈祷的手掌

喇叭响起

禁忌再次推翻了严谨的经文

永恒

垂悬于尘埃与旦夕之间

# 我看到过

我看到过金色天空里

树林降落黑砂雨

雨中的树林像原始的海洋涌起波浪

美人鱼跳跃

如斐波那契数列

鱼尾的鳞片构成了海涛呼吸的韵律


雨中的我与海涛的呼吸同频

呼——

吸——

双手伸长至无限

海的尽头

树林的尽头

时间在无限分散中趋于湮灭

呼吸

时间松开双手

抓住一些虚无的事物又随之

相信了真实

真实的实在空间里

我是一只人鱼穿梭于

降落雨水的天空

却无人愿坚定地相信我

看到过

# 木绣球花

仍旧被屏障庇护的女儿

祈祷

情愫代替语言

万物生长如心中

你机警的视觉矗立在时光的温情里

久久凝视着她花下的背影

决心

不再挪移

# 烟波里飘摇的小船只

沙漠

沙

像一把微型晶体铸的锁

苦闷的骆驼与单薄的房屋困在里面


月亮停泊


流云写满了诸如李白王维

苏轼的诗篇


摇晃着

怒骂着

玉杯中的酒泼洒了出来

却始终未见

烟波里飘摇的小船只

到底是年纪太轻了

近在咫尺的事好像也变为一厢情愿

枉自多情

只好半打趣着仰起那张倔强的脸

安慰沙丘说

太阳出来便能歇一歇了

# 即使渴求

静候已久的黑暗陡然从四周倾泻　压住了喧哗

冻红的鼻尖

薄暮里深邃的眼瞳

花车组成队列招摇过市

轿子里端坐着僧人


此时那位曾遍地搜寻经书的人

用超然的视线凝望的

会是谁呢


如果点燃了蜡烛而被福佑的那一个

不是我

便不再会是我


即使渴求

## 一切都还好吗

一只昆虫飞入

蜘蛛继续在树上织网

娴熟的花言巧语全用来

掩饰一段秘密


听众缺席

毫无吐露的欲望


近来关乎生活的一切都还好吗

# 那塞满宝藏的木箱

独行的船只驶入正午手指间的阴影

大海在偏远浩渺的坐标系上　将航线裂为巨缝

夜晚加剧了它的沉落

遽变中

船只丢失了语言


而谁想要挽救这未到达目的地的骸骨？


哪怕燃烧着仅存的甲板

哪怕失去理智　被

因嫉妒而折磨的其他事物从背后偷袭

即使浅薄

如划过的一片羽毛

巨擘的引擎仍拯救不了注定黯淡的白昼

让逐渐被代指的不在场的事物完成颐指气使的

预言家的预言吗


让遗忘的泡沫在海面欢呼

不


让船只的残骸在海底证实骇人的海难

让疯狂的探险者在永夜的阴影

重拾那塞满宝藏的木箱